Carrie Weston • Tim Warnes

OVIDE A LA
VARICELLE

Pour Jack et Caitlin, qui ont grandi si vite — C. W.
Pour Molly et Teddy — T. W.

Catalogage avant publication de Bibliothèque et Archives Canada

Weston, Carrie
[Boris gets spots. Français]
        Ovide a la varicelle / auteure, Carrie Weston ; illustrations,
Tim Warnes ; traductrice, Hélène Rioux.

Traduction de: Boris gets spots.
ISBN 978-1-4431-2995-4 (relié)

        I. Warnes, Tim, illustrateur II. Rioux, Hélène, 1949-,
traducteur III. Titre. VI. Titre: Boris gets spots. Français

PZ23.W46Ovi 2014   j823'.92   C2013-904266-0

Boris gets spots a été initialement publié en anglais en 2013.
Cette édition est publiée en accord avec Oxford University Press.

Boris gets spots was originally published in English in 2013.
This edition is published by arrangement with Oxford University Press.

Édition publiée par les Éditions Scholastic, 604, rue King Ouest,
Toronto (Ontario) M5V 1E1.

5 4 3 2 1   Imprimé en Chine CP147   13 14 15 16 17

Carrie Weston • Tim Warnes

OVIDE A LA VARICELLE

Texte français d'Hélène Rioux

Éditions SCHOLASTIC

Aujourd'hui, mademoiselle Cocotte
annonce aux élèves qu'un visiteur
spécial passera les voir.
Ils sont très excités.

Quand elle précise que c'est
monsieur Le Jars de la ferme
Oison, tous les animaux poussent
de petits cris ravis.

René le renardeau imite
à merveille les cris des animaux
de la ferme.

Line la lapine entonne
une chanson.

Touka la taupe apprend aux autres à danser le rigodon.
Les souris sautillent comme des chevreaux.

Par contre, Ovide demande la permission d'aller s'asseoir dans le coin des livres.

— Bien sûr, mon chou, répond gentiment mademoiselle Cocotte.

Ovide n'a pas l'air bien.

On entend alors un beuglement dehors. Meuh!

C'est monsieur Le Jars avec la vache Bouton d'or.

— Bonjour, les enfants, dit monsieur Le Jars en soulevant son chapeau de paille. Qui veut voir ce que j'ai apporté? Tout frais de la ferme!

Mademoiselle Cocotte et ses élèves
s'approchent de la charrette.

Monsieur Le Jars commence par sortir un panier.
— Ces œufs ont été pondus ce matin, dit-il.

Touka sort doucement
un œuf de la paille.
Il est encore chaud.

Oooh!

Puis monsieur Le Jars leur tend une couverture moelleuse.

— Fabriquée avec la laine de mes moutons,
précise-t-il.
Line la tient contre sa joue.

Il leur fait ensuite goûter le miel de ses abeilles.

Monsieur Le Jars a apporté du lait et du beurre frais.
Il leur explique comment fonctionne une laiterie.

Il leur montre de la farine et des flocons d'avoine
et leur parle des silos.

Mademoiselle Cocotte a une idée.
— Nous allons préparer
des biscuits au miel pour
remercier monsieur Le Jars.

Youpi!

Hourra!

— Où est Ovide? demande Touka.

— Oh! Il doit être resté dans le coin des livres, répond mademoiselle Cocotte.

— Je vais lui dire que nous allons faire des biscuits, dit René. Il raffole du miel.

Un instant plus tard, on entend un cri dans la classe :

— Mademoiselle Cocotte! hurle René. Ovide est couvert de boutons!

Tout le monde se précipite à l'intérieur.
Tout le monde s'arrête devant Ovide.
Tout le monde le regarde.

Coin des livres

Le pauvre Ovide a le nez et les pieds couverts de boutons rouges.

Ça pique, mademoiselle!

Livres documentaires

— Oh! Ovide! s'écrie mademoiselle Cocotte. Je pense que tu as attrapé la varicelle.

Les animaux poussent de petits cris consternés.

— Du calme! Il ne faut pas s'affoler. Presque tout le monde attrape la varicelle une fois dans sa vie, mais une seule fois, dit mademoiselle Cocotte en apportant la trousse de premiers soins.

Elle fouille dans la trousse et en sort une lotion calmante qu'elle applique sur les boutons d'Ovide.

Monsieur Le Jars offre à Ovide une cuillerée de miel
et l'emmitoufle dans la couverture de laine.
Puis Line bâille. Elle a très sommeil.

— Regardez! s'exclame René. Line a des boutons, elle aussi!
— Mon Dieu! s'écrie mademoiselle Cocotte. Il vaut mieux
lui faire de la place à côté d'Ovide.

— Pouvons-nous dessiner une carte de prompt rétablissement? demande Touka.
— Quelle bonne idée! répond mademoiselle Cocotte.

Les animaux vont chercher des feuilles de papier et des crayons de couleur. Ils sont tous très occupés. Jusqu'à ce que...

Tendez les ciseaux par la poignée à vos amis.

colle

René montre Touka du doigt.

Touka montre les souris du doigt.

Et les souris montrent René du doigt.

— Encore des boutons! s'écrient-ils tous en chœur.

— Bonté divine! s'exclame mademoiselle Cocotte.

On veut voir notre maman!

— Je crois que vous avez tous besoin d'aller au lit.

Monsieur Le Jars accepte de ramener les animaux chez eux
avec Bouton d'or. Ils sont un peu à l'étroit dans la charrette,
mais ça leur est complètement égal. Ils sont tous mal en point.

Mademoiselle Cocotte leur dit au revoir
tandis que Bouton d'or s'éloigne.
— Guérissez vite! crie-t-elle.

Le lendemain, mademoiselle Cocotte range les livres, accroche quelques dessins et nourrit le poisson rouge. La classe vide est trop silencieuse et mademoiselle Cocotte se sent bien seule.

Pffff!

Elle regarde toutes les choses que monsieur Le Jars
a apportées. Quel dommage que les élèves n'aient pas
pu faire leurs biscuits au miel.

Mademoiselle Cocotte a alors
une **idée géniale**.

Elle met 3/4 de tasse de beurre mou dans un grand bol. Elle ajoute ensuite deux grosses cuillerées de miel liquide et bat énergiquement.

Elle ajoute 1 1/4 tasse de farine, 2 tasses d'avoine, 1/2 tasse de cassonade et une cuillerée à thé de poudre à pâte. Elle mélange le tout.

Biscuits au miel

Il te faut :
3/4 tasse de beurre
2 c. à soupe de miel liquide
1 1/4 tasse de farine
2 tasses de flocons d'avoine
1/2 tasse de cassonade
1 c. à thé de poudre à pâte

Préparation
Ajoutez 2 grosses cuillerées de miel au beurre et mélangez.

Elle saupoudre un peu de farine sur la table et roule de petites boules de pâte.

Les biscuits sont maintenant prêts à être mis au four préchauffé à 180 degrés Celsius.

Je pense que 20 minutes suffiront, se dit mademoiselle Cocotte.

Quand les biscuits sont prêts, mademoiselle Cocotte
les laisse refroidir. À la fin de la journée,
elle les met dans des boîtes spéciales.

Elle éteint les lumières en espérant que ses élèves
seront de retour le lendemain matin pour les déguster.

Eh oui, ils sont là!
Monsieur Le Jars arrive à la barrière,
suivi d'Ovide et de Bouton d'or
qui porte les petits animaux sur son dos.
Et plus personne n'a de boutons!

Meuh!
Meuh!

Mademoiselle Cocotte
est ravie de voir que
ses élèves sont guéris.

— J'ai une surprise pour vous!
annonce-t-elle en souriant.

Les animaux s'assoient en cercle et
mademoiselle Cocotte distribue les biscuits.

Après la collation, monsieur Le Jars joue de l'harmonica
et tous les élèves chantent et dansent dans la classe.

C'est très bruyant. Mais ça ne dérange pas
Mademoiselle Cocotte le moins du monde...

Yee-Ha!

... car elle est vraiment heureuse
que TOUS ses élèves soient de retour!